JN032385

写真／産経新聞社写真報道局　酒巻俊介
本文ＤＴＰ／今井明子

人生は、日々の当たり前の積み重ね

猫との生活

数ヵ月前から、
私は猫を飼い始めた。
まだ一歳になっていない
雄と雌の猫が二匹いる。

猫にもそれぞれの“猫生”があるらしく、
「雪」は私のベッドに入って眠り、
「直助」は時々寝所さえ不明だ。
しかし直助はすべてを雪に譲っている。
二匹で共用の餌皿も、
トイレ箱も水飲みの器も、
雪が使っている時はじっと待っている。

猫との生活

数ヵ月前から、私は猫を飼い始めた。まだ一歳になっていない雄と雌の猫が二匹いる。私は猫について全く無知なのだが、猫の種類にも世間には年によって流行があるのだと、その時初めて知った。

二〇一七年は犬ではなく猫そのものの流行の年だったのだそうで、しかもその流行の波に乗ったのが、スコティッシュフォールドという猫だという。だから今年世間のペットショップにいる猫の90％がこの種類だった。

スコティッシュフォールドは、私から見るとごく普通の猫である。昔から農家のおばあさんが縁側で飼っていたような猫に見える。白かトースト色か三毛か。特徴は、両耳がへたりと折れている。だから顔が楕円形のおむすび型になる。

私の家に来た雄の「直助」は甘えん坊で毎夜、ひとしきり、同居しているイウカさんの胸に顔をうめて、「おっぱいもみもみ」のしぐさをし、セーターをしゃぶって陶然としている。私が直助の親を探し出し、もう一度でいいから直助に実の親からおっぱいを飲ませてやりたい、と本気で願ったのは、その時だ。

その後一、二ヵ月で、私は直助よりほんの少し小さい「雪」という雌を買って来た。真っ白い長毛の仔猫だが、やはりスコティッシュフォールドなのだという。猫について詳しい知人が「猫は二匹飼ってやった方がいいよ」と教えてくれたからだったが、猫のよさはそれぞれ独立性を重んじていることで、二匹が一緒に丸まって寝ていたのは、今までのところ、ある寒い夜一晩きりである。

猫にもそれぞれの〝猫生〟があるらしく、雪は私のベッドに入って眠り、直助は時々寝所さえ不明だ。しかし直助はすべてを雪に譲っている。二匹で共用の餌皿も、トイレ箱も水飲みの器も、雪が使っている時はじっと待っている。「猫はそれぞれに使う容器を用意しましょう」と物の本には書いてあるのだが、初めに人（頭）数分だけ用意する暇がなかったから、これで通ってしまった。そのおかげか、直助はますます我慢強い、静かな男らしい性格になった。

一時期私は、アメリカのテレビ番組で、犬の躾《しつ》け方という番組を「愛聴」していた。世の中には手に負えない子どももいるが、始末の悪い犬もいるのである。そういう犬を飼って困っている人も、このメキシコ生まれのアメリカ人の「調教師」の手にかかると、分をわきまえた静かな犬になる。その変化がおもしろくて、私は、人間の問題児も、このアメリカ風の矯正技術にかけてみると、案外すんなりと、ごく健全な楽しみの多い子どもになるのではないか、と思ったくらいだった。子どもにはしていいことと、してはならないこととの双方があっていい。賢いユダヤ人社会には、昔から六百十三のするべきこととしてはならないことがあった。だから頭のいい人物が輩出したというのである。逆境や苦しみの意味も、順境や幸福の大切さと同時に掘り起こす操作をやめてはいけない。

雪（左）と直助（右）

淋しいから
ペットを飼ったのではなく、
夫がヘソクリとして引き出しの中に
隠していたお金を見つけて、
そのお金で直助という雄猫を買った。

猫は昼も夜も、
自分がいたい場所で過ごす。
私はバスケットに小さな布団を敷いて、
窓際に置いたが、
そこはあまり好きではないらしく、
夜も私の寝室の床の上で寝て、
時には私の布団の上で夜を過ごす。

猫のお母さん

夫が亡くなって四ヵ月ほど経った時、私は雄の仔猫を飼うことになった。すでに体の大きさは一人前に近いが、まだしぐさに子供らしさが残る。

淋しいからペットを飼ったのではなく、夫がヘソクリとして引き出しの中に隠していたお金を見つけて、そのお金で直助という雄猫を買ったのである。

私は、夫と喋る時間に一人になったわけだが、その時間をかなり上手に使っているつもりだった。本を読み、手紙を書き、テレビにおもしろい番組があるとそれを見る。友人との長電話は自分に禁じてしまった。

猫を飼う予定など全くなかったが、田舎の量販店の檻《おり》の中にいた真ん丸い目に惹かれて連れてきた。二十年ほど前に一度飼ったことがあって、犬は無理だが猫なら同居できることを知っていた。二十年の間に餌はキャットフードだけになっていた。猫は昼も夜も、自分がいたい場所で過ごす。私はバスケットに小さな布団を敷いて、窓際に置いたが、そこはあまり好きではないらしく、夜も私の寝室の床の上で寝て、時には私の布団の上で夜を過ごす。

私の実母が生きていた頃、母は私がペットを布団に入れることなど決して許さなかった。汚れや、もしかすると虫をうつされることになるかもしれないし、そんなだらしのない暮らしをしてはいけない、と言うのである。

しかし母も夫も亡くなった今、私は監督される人もいないから、思うままに暮らすことにした。生まれてこの方味わったことのない自由の境地である。猫を抱いたまま、「二人」で眠ってしまうこともある。直助の後に、雪と名づけた白い長毛の雌の子を買ったが、彼女も夜、私の耳に自分の頭をおしつけて眠る。その刺激で、私の耳、後頭部、首にまで痒いぶつぶつができてしまった。

私の知人の男性に、数百体の動物の縫いぐるみを持っている人がいる。年に一度、ドライシャンプーをするのだそうだ。縫いぐるみにすれば、多分湿疹はおきないのだろうと思うが、私は猫の温かさを抱いて寝ている。猫も私の寝巻の袖の一部を自分のお母さんだと思っているらしく、しゃぶって涎《よだれ》だらけにする。

「汚いなあ、涎はダメよ」

と私は、その度に言う。しかしそれが生きている仔猫の証拠だ。

一人暮らしにはペットは大切だと思うようになった。私は最近体力がなくなって、一人でいると朝いつまでも寝床にいたいと思うこともある。しかし猫のためにどうしても起き上がって、ご飯をやり、飲み水を取り換え、ウンチ箱をきれいにしなければならない。

与えねばならない仕事があるということは幸せなことだ。それがないと「自分がしてもらう」だけの立場になり、運動能力、配慮、身の処し方、すべてが衰えてくるだろう。

子どもの時、することもなく、
青空を眺めている記憶を持つことは、
子どもにとって大切なことだ。
まだたくさん書く頁を残した、
まっさらなノートをもらったようだ。

しかし「世間」は危険だ。
個々の存在にどんな必然や理由があるのか、
自分で考えればいい。
考えないで「世間」に従うと、
妖怪の手下になるということなのである。

「世間」とはその程度

私の周囲では、この頃、「世間」という言葉が妖怪のように飛び交う。

「今度、うちの娘をお宅のご近所のA幼稚園に入れましたので……」

それで娘を送ってくるので、時々私に、道やパン屋で会うようになった、という訳だ。

「そうですか。でもお宅の近くなら、B幼稚園も昔からあるでしょう?」

「ええ、でもまあ、最近はAが評判がいいものですから」

「へえ、どんな特徴があるんです?」

と知りたがり屋の私は、つい余計なことまで聞く。うちには幼稚園に行くような孫も曽孫もいないのに、である。

「えー、どうと言われると困るんですけど、通わせていらっしゃるママたちにも好評なもんですから……」

つまり「世間で評判がいい」ということなのだ。しかし「世間」という存在は、私にとっては妖怪なのである。妖怪の手下になると、精神的に血を吸われて自分がなくなる。

別に高級な理由でなくてもいいのだ。

「A幼稚園では、教育勅語を唱えさせたりしないでしょう」

でもいいのだ。そこで私たちは改めて教育勅語の話ができる。教育勅語には、良いことも、現在では願わしくないことも書いてある。願わしくないことのほうから挙げれば「非常事態発生の場合は、進んで戦い、そのことで永遠に強く天皇の国のために働かねばならない」という内容がそれである。

しかし良い点も実にたくさんある。

「父母に孝養を尽くし、友人とは信じ合い、自分の言動は慎み、すべての人々に愛の手をさし伸べ、よく学びよく働き、知識を啓発し、人格をみがき、進んで社会のためになることをし、法律を重んじるべきである」

とも書いてあるのだ。これが公布されたのは一八九〇年だから、当時はまず忠君愛国をうたうのが普通だったのだ。

一つの書物を、個人の感覚で受けとめるのが、成熟した個性だ。しかし「世間」はそれをしない。もはや現代にそぐわなくなった部分だけを全面的に取り上げて、「教育勅語を否定」せよと言っている作家もいる。それは歴史的資料を棄てよということだ。

「世間」とはその程度のものだ。だから私たちは、家庭の中では「個」を持っていなければならない。今年のバレンタインデーに、どんなチョコレートを贈るか、ということは、世間に従えばいい。流行は眼を見張るような奇抜な商品を提供してくれる。しかし我が子を入れる幼稚園は、いい加減な理由ではいけない。もっとも、選ぶ理由は「あの幼稚園はほとんど何も教えてくれないで、砂場にほうりっぱなしみたいに見えるから」でもいい。子どもの時、することもなく、むなしく青空を眺めている記憶を持つことは、子どもにとって大切なことだ。まだたくさん書く頁を残した、まっさらなノートをもらったようなものだから。

しかし「世間」は危険だ。

個々の存在にどんな必然や理由があるのか、自分で考えればいい。考えないで「世間」に従うと、つまり妖怪の手下になる。

磨き立てた鍋

お鍋が女性にとって、
最大の嫁入り道具だという話は、
インドなどの東南アジアで聞いた。
それさえあれば、夫や子供に
いつも清潔で温かい料理を作れる。

なぜお鍋が目立つかというと、
それがただならぬほど、
きれいに磨かれているからである。
どこの国でも「磨き砂」のような洗剤は
安く買えるから、
それをつけて、磨き込む。
清潔で温かい料理が作れる。

磨き立てた鍋

家庭の風景というと、私はいつも、東南アジアやアフリカの炊事場の光景を思い浮かべる。客間などというものはない、つまり一間だけの暮らしで、その床に寝られるだけの家族が寝ているのが普通だ。

お父さんとお母さんだけがベッドに寝て、足元だか、頭のところに、生まれての赤ん坊や、一番幼い子供が寝かせられているが、他の子供たちは、せいぜい薄いふとん一枚を他の兄妹と分け合って、床に思い思いの姿勢で眠っている家も多い。

つまり家具などというものがないから、小さな家で暮らせるのである。テーブルもタンスもない。余計な家具がないということは、貧しさではなく、一種の知恵に思える。数少ない着がえは、剝きだしの天井の梁や、柱の釘にかけておくだけだ。

しかしそんな家でも、私が時々眼を奪われるものはあった。戸外にほんの少しヨシズに似たもので囲いをして独立させたような、台所の棚に並べてあるお鍋である。貧しい家に見えるのに、五、六個も持っていることも多い。その代わり、マナ板とか、ボウルとか、フライパンとかは、すぐ眼につくような所にはない。ボウルも鍋で代用するのか、それともヒョウタンの実の輪切りを使うのか、とにかく、あまり目立たない。

なぜお鍋がそれほど目立つかというと、それがただならぬほど、きれいに磨かれているからである。どこの国でも「磨き砂」のような洗剤は安く買えるから、それをつけて、磨き込む。鍋の内側の汚れを取るだけでなく、胴の外側も、持ち手のくぼみも徹底して磨く。

私などいつも労を惜しむから、外側を磨く情熱に欠ける。外はまあ、常に直火に触れるのだから、殺菌されて不潔になることもなかろう、とこういう科学的な（？）判断がこの怠惰を生むのである。

お鍋が女性にとって、最大の（かどうかは別として）嫁入り道具だという話は、インドなどの東南アジアで聞いたことがある。長い柄のついた蓋つきの鍋は、しっかりしていておそらく一生涯壊れることもない。それさえあれば、夫や子供にいつも清潔で温かい料理を作れる。

この感覚がいつも肌身にしみるような思いで、女性たちはお嫁入りして来るのだろう。もっとも今の東南アジアも、年々豊かになっているから、原始的な鍋だけではなく、オーヴンだの、ＩＨ調理台なども増えているに違いないのだろうが、女性たちは、その母たちが調理をする姿をいつも覚えていて、それで、このお鍋一式を生涯にわたって大切にするのだ。

昔から今まで、おにぎりに塩を振るとなると、マナ板の上に塩を撒いて、その上にライス・ボールを転がす娘たちがいる、と言うが、それは多分、その女性たちの母たちが料理する姿をあまり見せないからなのだ。

しかしとにかく最大の嫁入り道具としての鍋の輝きに、私はいつももの言わぬ迫力を覚えていたものだ。

自分の生き方としては
必要なものだけを身の廻りに置き、
不必要なものはできるだけ買わない
単純な暮らしが好きだった。

高価な器を揃えたのではない。
私には好みがあって、
民芸風の素朴な食器は好きではなかった。
つまり土の色で分厚くて、
手にふれた感じがざらざらするような食器を
避けたかったのである。

世間に学ぶ

私の育った家では、偶然、父が陶器に少し趣味のある人だった。実は父と母は仲が悪く、私も父の、他人に厳しいという性格に生涯馴染めなかったのだが、結婚して自然に家を離れて何年かしてみると、私も父の影響を受けていて、少しきれいな器で毎日ご飯を食べたいと思うようになっていた。

とは言っても、高価な器を揃えたのではない。私には好みがあって、民芸風の素朴な食器は好きではなかった。つまり土の色で分厚くて、手にふれた感じがざらざらするような食器を避けたかったのである。それにそうした食器は、食器棚に並べても場所を取り、重すぎる場合もある。私の好きな食器は、薄い生地で、精巧な染め付けのものであった。

だから日本の焼き物としては、九谷、清水、伊万里などということになる。薩摩焼も精巧で生地は薄いのだが、色合いが独特で、私は使い切れなかった。

後年私は仕事上、ヨーロッパへ行くことが多くなったが、私はカトリック教徒だったので、ヴァチカンの建物や、枢機卿の御自宅などに個人的に招かれることもあった。枢機卿といえども僧籍にあるので、たまたまお住まいに借りておられる建物が、古典的な、バロックやロココなどの壮麗な建物だということも多いのだが、そういう金と大理石の建物の中にいると、ふと日本の民芸食器を思い出すことはあった。

日本では、塗りの食卓の上に、素朴な民芸風の焼き物の丼に盛ったおうどんでも出してもらうと、それだけで心が温まる。

しかしヨーロッパのそうした装飾に溢れた宮殿風の建築物の中で、あのような謙遜な無色の焼き物を置いても、それは存在自体が見えなくなってしまう。

その表現するところは、謙虚にも素朴にも見えず、一切の虚飾を嫌った哲学的な生き方とも思えないだろう。それは、飾る気力を失った生活者の姿勢や、貧困や、怠け者を表す状態と思われ、第一そうした装飾過剰の世界の中では、焼き物自体、どこにあるか、という存在さえ、見つからないかもしれない。

別に私は、貧乏な生活者と思われるのを嫌ったわけではない。しかし日常の生活の中で私は、「素朴」ということをあまり高く評価しなかった。自分の生き方としては必要なものだけを身の廻りに置き、不必要なものはできるだけ買わない単純な暮らしが好きだったが、同時に私は表現者でもあった。表現の部分が、ただ素朴であればいいということでもなかった。

私は自分の生活程度に合った焼き物を少しずつ買うことにした。面白いことに、お刺身は一度食べれば終わりだが、お刺身を載せたお皿は、何度でも使える。好きな皿小鉢を買って、大切に終生使えば、毎回料理も少しはおいしく見えるというものである。同じコマツナのお浸しでも、器によって全く違って見えるのは、楽しい魔法である。

私は若い時から書いていたので、普通の主婦よりも、先輩の出席される有名な料亭の席などにも連れて行ってもらうことが多かった。そこで学んだのは、料理だけでなく、その盛りつけ方、出す順序、部屋の設《しつら》えとの調和などを、どう選ぶかということであった。

別に高いお金を出さなければそうしたことが学べないのではない。女性は心して、外食をしたり、先輩・友人の家に招かれたりした時、外で違った世界を学ぼうという意識があるかないかで、溜め込む知識に、大きな差が出ることを知ったのである。

家族がいっしょに食事をする時、
お父さんの湯飲みが一際大きくて、
封建的な家父長制度の空気が
一目でわかった。

私たちは人ともいたいが、
時には一人になりたい。
だから代わりに、
自分だけのマグで、
お茶やインスタントコーヒーを飲む。
その時、
心の個室を持てる気がする。

マグは我が友

昔風の私の家では、家族がいっしょに食事をする時、個人がばらばらの食器を使うのは、ご飯茶碗だけだった。お茶用の湯飲みも別という家はあり、お父さんの湯飲みが一際大きくて、封建的な家父長制度の空気が一目でわかった。

しかし私の家にはハイカラな空気がなかったので、マグなどというものを見たのは戦後のような気がする。マグは把手のついた大振りの筒型の湯飲みで、受け皿はない。マグはまず厚手で重く、一個一個模様が違い、使用者も決まっているのが普通だ。だから母親も息子や娘に、「あなたのマグはどれがいいの?」などと、日常的な食器を売る店で、幼い子供に模様や色を選ばせることもある。普通お客をする時にはマグは使わない。マグは働く人――自動車の修理をする人、デザイン工房の中で共同作業をする人、作家――などが、仕事中にコーヒーを飲みたい時などに、自分の仕事机に持って行く物である。筒型だから、安定がよくて、場所を取らずこぼれにくいのである。

五十三歳の時に、初めてサハラ砂漠に入った時、私は運転手兼炊事係だった。食器に何を使うか、ということも仕事の範囲で、砂漠に入る前の大都市・マルセイユのスーパーで、私たちは必需品を揃えた。それから船で地中海をアフリカ側に渡ったのである。

午前と午後のお茶のための休憩の時も、コップは要る。私が当時の隊員六人分のアルミコップを買おうとすると、中の一人の砂漠経験者が言った。

「曽野さん、自分の湯飲み、日本から持って来てる奴もいますし、湯飲みだけは、各自に選ばせてください」

それから数十日、砂漠に入ると、私たちは個室を持つ暮らしがまったくなくなる。砂漠は想像以上に心地よい所で、私が辛かったのは、二点だけだった。私はライティング・ボードを持って来てはいたが、つくづく、水平な平面で、考えながらものを書きたいと思ったのである。

それともう一つの奇妙な願望は、風の当たらない空間で、ものを考えたいということだった。

二台の四輪駆動車の空間を、二人か四人がシェアしている。だから一人になろうとすれば、それとなく車の外へ出ることになる。すると必ず顔に風が当たる。砂も吹きつける。風は私の思考にとってあまりいいものではないことを、生まれて初めて発見した。人間の住む部屋というものは、類まれな厳密さで、人間を凶暴な自然と切り離してくれている「繭《まゆ》」だということがわかった。

私たちは人ともいたいが、時には一人になりたい。それが砂漠では、かなえられなくなるのだ。だから代わりに、自分だけのマグで、お茶やインスタントコーヒーを飲むのである。その時、心の個室を持てるような気がするのだという。

私は一時、日本船舶振興会（現・日本財団）という所に勤めていたので、各国の沿岸警備艇を訪ねることもあった。当然厨房も見せてもらう。すると壁際の釘に、ずらりと違うデザインのマグがぶら下がっているのを見たことが何度かあった。そうした船では、船員は狭い二段、三段ベッドに寝ている。すると、個人の世界は、いつでも飲めるインスタントコーヒーを飲む時くらいになる。

その凝縮された感覚を、最後の砦《とりで》として守ってくれるのが、一個の安物のマグなのだ。その時マグは、偉大な個人の魂の守り手なのかもしれない。

居場所

人は誰でも
偏った好みを持つものである。
お茶の温度から鼻毛を抜く動作まで、
実は確たる理由なく、
そのことに執着するのである。

確かに家の中はがらんとし、
床も広くなったように見え、
今飼っている直助は、
飼い猫にしては広い運動場を
「ネズミのように」駆け回れるようになった。

居場所

一時「ほとんどビョーキ」という言葉が流行《はや》ったことがあった。人は誰でも偏った好みを持つものである。お茶の温度から、鼻毛を抜く動作まで、実は確たる理由なく、そのことに執着するのである。

「なぜそんなに勉強するのか」「なぜそんなに勉強が嫌いなのか」。理由らしきものがあっても世間は納得してくれない。その時人がそれをし続けるのは、「ほとんど病気」という説明以外にないほどの、他愛ない執着の結果なのである。

高齢になると、病気の種類も増え、症状も複雑になる。そしてその人個人の性格はますます固定化し、硬化する。

先日私は、長年リンパマッサージをしてくれる女性に、「なんだかこの家、ますますものがなくなって来たみたい」と言われた。かねがね私がものを片づける（捨てる）のが好きで、「要るものまで捨ててしまってるの」と喋っていたからでもあろう。

今年二月、夫が亡くなった時、私はそれこそ家を片づける好機と思い、夫のネクタイやカフスボタンといった身の回りのものだけでなく、家族のもの、自分のものまで、大々的に処分してしまった。つまり使えると言ってくださる方には差し上げ、そうでないものは、さっさとゴミとして出した。

その結果、確かに家の中はがらんとし、床も広くなったように見え、今飼っている直助という子猫は、飼い猫にしては広い運動場を「ネズミのように」駆け回れるようになった。

もともと私は家の中でもがらんとした空間が好きではあった。その対照的な部屋として「ロココ・バロック風家具で飾り立てた部屋」という概念があるくらいだから、部屋が味気ない道場のような内部になったとしたら、それは間違いなく私の趣味の結果なのである。

もっとも、すべてのものには程度がある。片づいているのがいい、簡素なのがいいと言っても、何もないのがいい、とは言えない。その点、我が家の現状はただ趣味もなく空虚という状態に近い。

空間にも、置かれているものにも、すべてささやかながら意味のあるものが望ましい。住まっている者のメッセージがあるといい。

結婚記念日に海岸で拾って来た石だとか、実家を五十年目に解体した時に、なぜか屋根裏から出て来た古い木片などというものは、やはり年月と置かれた状況の歴史の厚みを見せる。だから私も、それが語る年月の物語に耳を傾ける思いで、

改めて飾っておこうと思う。

こういう心理になったのは、中年を過ぎてからである。それまでの私の情熱は、雑誌のグラビアページでタレントさんのお宅の内部などを見て、こういう椅子の配置がいい、そのうちにこういう場所にこういう棚を作って緑の鉢植えを置こうという手の模倣だった。しかしどんなものでも、模倣には力がない。そこに置くべくして置かれたものが、穏やかな居場所の歴史の表現なのである。

料理は、
一度食べてしまえば終わりだが、
お皿は、
また次の時に別の料理に使える。

私が育った家は、
父が陶器好きだったので、
伊万里や九谷のお皿の、
そんなに高価ではないが少しきれいなものが
たくさんあった。

卓上の幻想

私が人生で、少しばかり奮発して買いたかったものと言うと、服でも車でもない。毎日の食事に使う陶器だった。それも高価なものでなくていい。骨董屋《こっとうや》ではなく、古道具屋で埃をかぶって売られているような雑器でよかったのである。

なます皿と呼ばれているような少し深めのお皿は特に便利で、おでんでも、コーンフレークでも、おやつのアイスクリームでも、何にでも使えた。

私が育った家は、父が陶器好きだったので、伊万里や九谷のお皿の、そんなに高価ではないが少しきれいなものがあった。しかし父母が離婚して父が新しい奥さんと世帯を持った時、私は率先して我が家にある陶器を、一枚残らず父に持たせるために包装した。

母は父と別れたがっていたくせに、いざとなると「あのお皿は、私が実家からもらってきたものだから」というような、女性的な過去のできごとを思い出して、くどくど言いそうだったので、私は、それを防ぐためにも「私の育った家」にあるものはすべて父の許に送り、我が家は近所の陶器屋で買った安い食器で生活を始めればいいと思っていた。

しかし子どもの時から、少し趣のある食器を見馴れていた私は、父母の離婚後もつい「皿小鉢」に目が行った。骨董屋ではなく、古道具屋に、明治、大正、昭和初期のものがあって値段が安いと、私はそれを買って来た。私はお惣菜を作るのも嫌いではなかったし、同じ里芋の煮つけでも、盛りつけのお皿を違えただけで、全く別の気分になることを知っていた。

しかし私は生来けちで、高価なものは買わなかった。『番町皿屋敷』のように、一枚割ると、誰かの心に辛い記憶が残るようなものを使ってはいけない。夫婦喧《げん》嘩《か》をして皿を投げる人がいる、と聞くと私は感心した。私は皿を割ると思うと、もったいなくて夫婦喧嘩などできない。

西欧では、正式の食事になるほど、お皿の模様を統一する。しかし日本では、調和さえ取れれば、料理ごとにお皿の模様も色も変えるのが普通だ。お皿に盛りつけて、初めて料理の過程は完了し、完成する。

それに……、料理は一度食べてしまえば終わりだが、お皿はまた次の時に別の料理に使える。そこで美術的解釈をし直せるのである。

昔から生活は衣食住の三つの要素で成り立った。今、若い人は「衣」の部分には熱心だし、皆、いい感覚を持っている。「住」はなかなか手が出ない。ましてや好みの住環境を自分で決められる人などなかなかいまい。その点「食」生活は、自分の家で作れるものだと思うが、これだけ外食産業が進化すると、「おうちご飯」ではなく「外食」が繁栄する。すると、盛りつけのためのお皿など揃えようという気もなくなるのだろう。

中年になってお皿に凝り出した日系ブラジル人の女性がいた。彼女自身、お花を生けてもお料理を作っても、いいセンスを持っている。しかし両親が移民した人なので、親から受け継いだ骨董のお皿はなかった。

残念そうな彼女に私は言った。

「現代のもので、少し高くてもいい技術のものを日本で買ってお帰りなさいよ。あっと言う間に五十年、七十年と経って骨董になるわ」

ほんとうに月日の経つのは早い。誰でも青春は瞬く間に過ぎ去る。それなら改めて骨董的価値を作り出すのもたやすいはずである。

何かが足りない

人に物を頼むということは、
タダではいけないが、
まっとうな注文を出すのなら
相手も喜ぶことだ。

私は思い切りが悪かった。
「あと五年くらいしか生きないのに」
と思うのである。
五年に深い根拠はない。
夫の亡くなった年を
一応の目安にしただけである。

何かが足りない

半世紀以上も前に建てた私の古家は、今時珍しい原始的なものである。外観だけではない。戸だけは一応アルミサッシになっているが、断熱材もない時代の建物だ。電気の暖房機はついているが、足元からまだ寒気が上がって来る。それで床暖房を考えた。遅過ぎるくらいだが、毎年何とかなるだろう、と思ってやり過ごしていたのだ。何しろ古家だから、床材をはがして床暖房の配線をしてからまた張り直すのだ。私が工事をやるわけでもないのに、鬱陶《うっとう》しいことだ、と思うのである。

業者さんに発注してからも、私は思い切りが悪かった。「あと五年くらいしか生きないのに」と思うのである。五年に深い根拠はない。夫の亡くなった年を一応の目安にしただけである。仲のいい同年輩の女友達にそのことを言った。

「五年しか使わない予定の暖房を入れないでおいて、お金を残して死ぬの？」

「まあ、そういうことになります」

ものごとは現実を正視すると、すべて興ざめになるものである。

「今一番要ることに使ったほうがいいんじゃないの？　あなたがラクをするんだし、業者も儲かって、いいお正月を迎えられるわよ」

「それはそうね」

考えなかったことではない。人に物を頼むということは、タダではいけないが、まっとうな注文を出すのなら相手も喜ぶことだ。

それでまあ、ことは運ぶことになった。ある日、一番広い部屋の床がはがされ、そこにあった荷物が別の部屋に山積みになった。我が家では最近、台所に造りつけの変形の丸テーブルを設置していたので、そこで食事をするようになっていた。しかし台所の床もはがされたので、数日間台所も食堂も使えないことになった。私は急にトンカツサンドを食べたくなり、買って来てもらって、調理をしない夕食に食べたが、衣はともかく、豚肉がその本来の力を失っていたので、がっかりしてしまった。しかし夕食はトンカツサンドがいいと言った手前、無理して半人前以上は食べた。その結果、昔からずっと憧れの的であり続けたトンカツサンドに対する夢は、現世で消えたような気がした。

翌朝はなんだか胸が悪かったので、蜜柑《みかん》しか食べなかった。昨日のトンカツサンドが悪かったのだと思いながら、理由もなくインスタント味噌汁を飲めば治ると感じていた。

アフリカなどへ行って風邪をひき、そのうえ土地全体が高地だったりすると、私はよく食欲を失った。そしてろくろく固形物を食べられず、ジュースや果物の缶詰などだけお腹に入れて一日暮らしていると、夕方になって症状はますます重篤になり、吐き気を伴うことがあった。私は朝からラバに乗って移動していたのである。ラバは馬より小さいが、ロバより一回り大きい。馬子がついていて、そのラバを引いて標高差二百メートルくらいの台地を上り下りしていた。私は安楽にラバの背に乗っていて、汗もかかないようだが、それでも充分に風に吹かれて、恐らく一日中汗とも感じない発汗をしている。そのくせ、あまり、水分を失ったとは感じていない。

その頃にふと気がついて、私は何か塩分を含むものを食べる。梅干し一粒とか、塩せんべい数枚とか、カップヌードル一個とかである。すると数分で吐き気が治まる。私は自分の吐き気の原因を毎回忘れているのだ。

原因は塩分の不足にあるのだ。しかし日本ではこういう症状を誰も思いつかない。日本では塩分の不足が不調の原因になるなどとは誰も考えない。塩は「体に悪い」としか思っていないからだ。

台所の客

要はあらゆることにドギマギせず、
自分の身の周辺に起きたことを、
むしろしっかりと味わって、
現世をおもしろがれることだろう。

気がついてみると、
最近、友人たちの間で、
自宅でご飯を出してもらうことがうんと減った。
その理由は、私の年になると、
もう食べた後片付けのお皿の数がふえるのが
いやになるのだ。

台所の客

私の母は、北陸の港町の生まれで、女学校だけやっと東京で出た。終生「私は田舎育ちで、料理も田舎風で……」と言い続けていたが、少なくとも私よりよく料理をし、縫い物も達人だった。

母は誰にでもよく食事を出した。一流料亭のごちそうなど恐らく食べたこともなかった人だと思うが、お総菜にしても、食器にも一応気を使い、ものぎれいな料理を作っていた。

我が家にご飯を食べに来る人は、母の同級生、姪や甥たち、戦争中だったから日本の若い軍人たちなどさまざまだった。終戦の年になって、私はやっと十三歳だから、中には母とその人のつながりもよく知らない人もいた。しかし誰もが母の手料理を楽しそうに食べて帰って行った。薄あげと大根の煮もの、キンピラ牛蒡などをおいしいおいしいとほめた人もいて、私はその人の気が知れなかった。当時の私は、ロールキャベツやシュウマイなどをごちそうと思っていたのである。

当時うちでご飯を食べていた人たちと、私はその後喋ったこともなく、大方の人たちはもうこの世を去ったと思うのだが、郷里を離れていたり、当時軍隊の食事しか食べられなかった人にとっては、母の手作りのお総菜はほっとするようなものだったろう、ということは推測がつく。

気がついてみると、最近、友人たちの間で、自宅でご飯を出してもらうことがうんと減った。

その理由は、私の年になると、もう後片付けのお皿の数がふえるのがいやになるのだ。しかし知人、友人の家でご飯を食べさせてもらうことは、たとえイワシの丸干しとお味噌汁だけでも実に楽しいぜいたくなことだ。

二〇一七年二月に夫が亡くなる頃、私は我が家の台所に小さな改造の手を入れていた。七、八人はそこでご飯を食べられるように、円型のテーブルを作ってもらったのである。くるりと後ろを向けば、流しまで一・五メートル。別の席は食器戸棚まで一メートル。

我が家の台所では少なくとも、すぐ温かいお茶はいれられる。コーヒー沸かしはありふれたもので、粉もアメリカ製の庶民的なブランドだけれど、煩わしいことを言わない人には、いつでも沸かして出せる。あまり豊かとは言えないお菓子をすべてプールしておく棚も丸見えだ。

「生活は、こんなものでいいのよ」

と私はずっと言ってきた。

自分自身の成長期にも、作家生活を始めてから後も、私は仕事柄、ずっと貧しさを見て暮らしている。成長期は、終戦という国家的不幸な時代に当たっていたし、作家として取材を始めてから、私は自然に貧しい途上国にばかり行く機会が多かった。

人間の幸福と不幸は、質こそ違え、あらゆる階層の生活に遍在している。食べるものがなくて、空腹を満たせないという根源的な辛さは、貧しい生活特有のものだが、物質的に豊かでも、心が満たされていない不幸はどの生活にもある。

要はあらゆることにドギマギせず、自分の身の周辺に起きたことを、むしろしっかりと味わって、現世をおもしろがれることだろう。それができる人を、私は「生活の達人」と呼んで憧れている。

会話力

人間は、沈黙する時間と、
喋る時間が要るのだ。
実は人間には、
喋りたくない時間もあれば、
喋りたくない相手もいる。

人間は喋りながら考える
という時間もあるだろうが、
やはり沈黙の中で考える。
そして沈黙は、
その場に他者がいる時の
基本的な人間関係の表現である。

会話力

私は幼稚園から大学まで、聖心女子学院というカトリックの修道会の経営する学校で教育されたのだが、学力は自分に責任があるのだから、学校のせいにするわけにはいかない。しかしその他に、私は全く（私を入学させた母も）期待していなかった貴重なことをさまざま教えられた。

その一つは、学ぶべき時にはかなり長い時間、沈黙を守るという習慣であった。人間は喋りながら考えるという時間もあるだろうが、やはり沈黙の中で考える。そして沈黙は、その場に他者がいる時の基本的な人間関係の表現である。しかし

今、世の中には、沈黙していられない若者たちが多すぎるのかもしれない。何か無意味なことでも喋っていないといられない、という精神構造である。あるいは、全く喋る内容を持たない人である。

人間は、沈黙する時間と、喋る時間が要るのだ。実は人間には、喋りたくない時間もあれば、喋りたくない相手もいる。しかしそれでも会話をすることによって、人間関係を保つ。

数十年前、私の家に強盗が入った。物も盗らず、傷害騒ぎもなく逃げ出したのだが、翌日、私の家に一連の電話をかけてきた。彼は作家としての私の名前は知っていたらしいのだが、その割には私の作品を読んでもいなければ、内容のどこかにひどく腹を立てたという記憶もないらしかった。

それがわかったのは事件の翌日の脅迫電話（十円玉を入れる公衆電話から）で彼が私の作品を読んだと言ったからなのだが、話してみると、実際に読んでいるとは思えなかった。もちろん彼が事件当夜は刃物を持っていたのと、この電話のせいで、私の家には警察が入り、電話には逆探知装置が取り付けられていた。

強盗に入った人は、何を目的に我が家に侵入したのかわからなかったが、何本もの電話をかけ続けるうちに、彼は次第に穏やかな口調になってきた。私はと言えば、最初から全く恐怖を覚えた記憶はない。相手が初めのうち、「今度はあんたを殺す」などと言ったので、「あなたも私も、そんな大袈裟な芝居がかったことをしたりされたりする人間じゃありませんよ。普通にお話ししましょうよ」という意味のことを言った覚えがある。

その人は結局、自分のいる場所を探られないために、公衆電話の場所を変えながら、十三本もの電話（計三十九分）をかけ続けたわけだが、その間に、警察官は私の後ろから「できるだけ長く喋ってください」というメモを渡した。逆探知で場所を探るためなのだ。相手は自分が、或る土地の刑務所にいたことだけは話したが、当時は逆探知を使っても公衆電話の位置をすぐには明確に特定できなかった。

強盗と電話をかけているうちに、夕食の時間が近づき、私はお腹が空いてきたので、彼に「私、お腹が空きました。あなたは？」と訊いたような記憶がある。するとと彼はちょっと侮蔑したような、しかし温かい声で笑った。侮辱という感情はいいものだ。感じた人は相手に余裕を持てる。

結局その人は、初めは私を殺すなどと言っていたのに、最後には「もう決してあんたには手を出さないから」と言い、私は彼の言葉を信じた。

この会話は、初めのうちは脅迫だったのだが、私が鈍感だったので、普通の世間話になれたのだろう。何ごとにも緊張するのはよくない。

小さな騒ぎが収まった後で、警察の人が私に言った。

「これからもこういうことがあって危険を感じたら、決して会話を止めないでください。人間、喋りながらでは、決して人を殺せないものなんです」

現場を知っている人の知識なのだろう。

しかし私はこの事実を、言葉の力・人間力だと思っている。お互いが濃密に人間的であることを示していられる間は、私たちは犯罪を犯せないのである。

食事の支度をしたくない。
だからたまに、お手軽な食堂で
ご飯を食べられるとなると、
嬉しくて生き生きしている。

私も外食は好きだ。
何より手がかからないし、
最近流行のブッフェなどに行くと、
そんなに食べたくなくても
一口取って味わってみる、
という強欲さは残っている。

最高の料理人《シェフ》

女性は——私をも含めて——食事の支度をしたくない。だからたまに、お手軽な食堂でご飯を食べられるとなると、嬉しくて生き生きしている。外食はおいしい、と決めている人もいるが、現実にはお店を出る時、意外とまずかった料理に夫婦で苦り切った顔をしている人たちもいる。

私も外食は好きだ。何より手がかからないし、最近流行のブッフェなどに行くと、そんなに食べたくなくても一口取って味わってみる、という強欲さは残っている。どういう料理なのだろう。うちよりおいしいか、まずいか。この第二の点に関しては極めて、あやしいものである。「うちの料理」の方がおいしいと思うのは、普通は主婦が自分の好きなように味つけしているからである。

或る女性が私にこっそり言った。

「私たち女ってずるいと思いません？」

「思いますけど、どうして？」

「だって大体において一生、自分の食べたいと思うものを食べてきたんですよ。味だって、主菜だって……」

彼女に言わせると、夕方買い出しに行く前に形ばかり夫に訊く。

「今晩は、何食べたい？」

「そうだな。時季だし、サンマでもあれば……」

「わかったわ」

と言いながら、妻の方は実は魚は食べたくない、と思っている。だからマーケ

ットでは真っ直ぐ肉売り場に行き、ハンバーグ用の挽き肉を買う。そして帰って来ると、大した罪悪感もなく、

「今日のサンマはよくなかったの。ぐったりしているんですもの。明日にでも、いいのが入っている時に買って来るわね」

と言う。

「うん。いつでもいいよ。サンマは時季だしね……」

と気の毒な夫はまだ少し心残りである。

好き勝手ができるのは女性だと書こうとしたが、そんなことを言うと、また読者から叱られそうだ。

「予算がありますからね。食べたいものを食べる、というわけにもいきませんよ」

「それはそうです」

私にだって何度も覚えがある。値段のせいで買いたいものを買わずに、他のものでごまかすのである。お財布の中にお金がないわけではないのだが、どうも納得ができないのである。

そんなにして暮らしているので、たまの外食は女性にとって嬉しい。たとえファミレスと呼ばれる慎ましやかな店でも、坐ればアイスウォーターが運ばれてくる。そして何を食べようか選ぶだけで心が弾み、夫のオーダーしたお皿から一切れ取って味わうこともできる。

そんなことで、心が和らぐのだから、月に一、二回、どこでもいいから外食の日を決めればいいのにと私は思う。その時はお財布を妻に預ける。高い店で高いものを取ろうが、妻の勝手だ。

外食の効用は、食べ終わってその店を出る時にある。

おいしくてよかった、と思う時もあるが、50%くらいの確率で、値段の割に大した料理ではなかった、と思う。この失望感も大切なのだ。その時、妻はその家庭にとって「最高の料理人《シェフ》」になるのだから。

便利なほうを選ぶ

中年以後、私は吸い寄せられて
海辺の暮らしを求め、
書斎はそのまま東京に置きながら、
生活はできるだけそこから脱出した。

私の育った家は、
母が北陸の港町の生まれだったこともあって、
始終魚を食べていた。
しかし夫が育ったのは、
東京のはずれに住む
イタリア語学者の家であった。

便利なほうを選ぶ

私の身の回りに無粋な男性が何人かいる、というか、いたと言うべきか。

一人は亡くなった夫であった。

「ボクは食べられないものには興味がありません」と誰に対しても臆面もなく言う。こういう家族を抱えながら、しかし、私は長年花を植えてきたのである。

「あの花壇の一番手前に植わっているのは、何だ?」

「ああ、あれは小松菜よ」

と言っているうちに、みるみるその小松菜はとうてい食べられそうにない花をつける。

私の体験によると、こういう場合、相手に押されて花を植えるのを諦めるようでは、そういった人との関係は長もちしない。花が嫌いなのは相手の趣味であって、私の趣味ではないのだから、私は知らん顔で自分の趣味を通したのである。

しかし同時に、相手が評価するホウレンソウや小松菜の種も播いている。ホウレンソウはバター炒め、小松菜は鶏肉とおつゆにする。これらは絶品だ。

つまり夫は食欲型人間、私は少しだけ視覚的人間なのである。

小豆と大豆は、手でかきまぜれば混じったように見える。しかし、実は決して混じっていない。一家族の中のメンバーの性格だって同じなのである。夫と妻の趣味は終生変わらないのかもしれない。うまく行っていると見える家族は、ただ妥協によってごまかしているのである。

私の育った家は、母が北陸の港町の生まれだったから始終魚を食べていた。しかし夫が育ったのは、東京のはずれに住むイタリア語学者の家であった。

戦前のことを考えても、築地の魚河岸の近くに住む人か、湘南の海岸地帯に住む人たちを除けば、本当に新しい魚を食べていた人が私の身辺にいたとは思えない。私たちは、魚とはこんなものだと思って、塩焼きか西京漬けの魚の切り身を食べているのだ。だから夫も、私と結婚する前は、魚は臭いものだと思っていた。

中年以後、私は吸い寄せられるように海辺の暮らしを求め、書斎はそのまま東京に置きながら、生活はできるだけそこから脱出して海辺の家で暮らすことを考えた。自覚してはいないが、私は本当はれっきとした都会嫌いだったのかもしれない。今になってわかってきたのは、私は強烈な果物の体臭を持った東南アジアの国だの、電信柱と電線を見ただけで「あ、ここはまだ文明と臍《へそ》の緒で結ばれているんだ」と思うようなアフリカの奥地に行っても、意外なほど日常性を失わなかった事実である。神経症的にきれい好きだった母に、一人娘として育てられて、私は一応清潔に馴れた暮らしをしていたはずだが、実は意識的には不潔にも強い人間になりたいと思っていたのだ。なぜならそのほうがどこで生きようが便利だということがわかっていたからである。

家の中をがらんどうにすることが、
私の毎日の作業の一部である。
広くなった空間は、
二匹の猫が運動場に使っている。

年を取ってしなくてよくなったものには、
お金の計算もある。
百歳まで生きるとしても、
その間にかかる費用は一瞬のうちに
「目の子」でわかるようになったからだ。

予測しなくても生きられる

私は現在、八十七歳にもなった。昔は、八十七歳の年寄りなど、その辺にいなかったものだ。

根性が悪いのは病気のようなものだが、他に病気はないことになっている。しいて言えば膠原病《こうげんびょう》（シェーグレン症候群）という持病はあるのだが、これは「薬もありません。医者もいません。治りません。しかし死にません」という明快な経過を持つ病気だから、私は気に入っている。治らない病気でしかも死なない、というのは病気でないのと同じだ。

しかし、時々私が会う人が聞きたがるのは、私が寝たきり老人でもなく、「普通に暮らしている」理由で、それは私が比較的質素なおかずを、うちで作って食べているからだと思う。

私にとって、やや昔風のお総菜を作るのは趣味なのである。性格がけちで、しかも物のない時期の日本で成人したので、食物はすべて貴重なものだと思っている。私は海の傍の大根畑の中の家でよく週末を暮らしているのだが、大根は「根っこ」もおいしいが葉っぱはもっとおいしいから、つい台所で大根葉の料理に手を出すことにもなる。

私の家ではお総菜を作ってくれる女性がいるので、毎日私が台所に立つ必要はないのだが、それでも私は食事の支度時になると、つい出て行ってお鍋の蓋を開ける。私はパソコンで原稿を書くのだが、執筆と料理は名コンビなのである。

片や「座業」。片や「立業」。片や思考の作業。片や動物的本能に属する仕事。

昔は、書く間に、庭で野菜や花の世話をした。しかし今は家の中で片づけものをするくらいしか運動能力がなくなった。とにかく要らないものを捨てて、家の中をがらんどうにすることが、私の毎日の作業の一部である。広くなった空間は、二匹の猫が運動場に使っている。

年を取ってしなくてよくなったものには、お金の計算もある。百歳まで生きるとしても、その間にかかる費用は一瞬のうちに「目の子」でわかるようになったからだ。夫の両親と実母と、三人の老人と暮らしたので、どんな思わぬことにお金がかかるかも推測できるような気がしている。

二十年以上も前、我が家でも親世代の世話に人手がかかっていた時、もし「家政婦会」のようなところから、二十四時間、三交代で看護の人を頼むとすると、一月《ひとつき》に四百万円かかる、という計算を出してくれた人がいた。だから自分で親の介護をしている人は、一月に四百万円分稼いでいることになる。

しかしほんとうの理由は、私は今までに、未来を予測して備えていても、その通りになったことがないからだ。「性懲りもなく」私はまだ予測をする癖は抜けないのだが、常に結果は違うものになるだろうという「知恵」だけはその頃から授けられた。だから思いがけない答えが与えられても、それほど文句を言わなくなったのである。

もし予測した通りの答えが私の未来に待ち受けているとするなら、私はその結果を狙って「善行」をしたり「努力」をしたりするかもしれない。それは私が一生涯の保険にお金を出すようなものだ。計算ずくの行動というものは、商行為と同じで、褒めるに値するものではない。

人間が、計算でも動き、全く計算以外の情熱ででも動くということは、すばらしいことだ。だから人間の可能性は、誰にも読みきれない。そこが私たちが生涯を生き尽くすことの意義なのだろう。

土持ち

人間は与えられるものの価値は、
すぐに忘れるか、評価しない。
しかし「ないものを数えるより、
あるものを数えたほうがいい」
という幸福の極意は
忘れないようにするべきだ。

あっていいことではないけれど、
人間には生きようとしても生きにくい、
という体験を生涯に一度はすることが
必要なのかもしれない。

土持ち

あっていいことではないけれど、人間には生きようとしても生きにくい、という体験を生涯に一度はすることが必要なのかもしれない。

七月初め、豪雨が西日本を襲った。「来るぞ、来るぞ」と予告されて起きた災害でもないいような気がする。軽くやり過ごせると思わせられた気象の変化が、こんな大きな災害を残したのである。豪雨の死者が二百人以上にのぼったのも悲しいニュースである。

「自然の猛威」という遣い古された表現があるが、地滑りは、瞬く間に数軒の家をなぎ倒し、谷を作り谷を埋める。私のように高齢になって労働に向かなくなった人間は、豪雨で流された家から出た塵や廃材の山を見ただけで、もしあれを片づけなければならない立場になったら、その務めをはたせるだろうか、と思う。東南アジアでは、国土の端っこの臨海部を整備するための土さえなくて、隣国から買っている国もある。国土の約七割が山だと言われる日本は、その点も恵まれている。「金持ち」ではなくても「土持ち」なのである。そして金持ちより土持ちのほうがいいように私は思うのだが、経済的にはたしてそうなのかどうかは自信がない。

豪雨で大きな被害を受けたことは、確かに地理的な災難なのだが、水のない国の不自由さも、たまには考えたほうがいい。

砂漠の中では、農業をすると言っても、水が足りない。私はサウジアラビアで、蔬菜《そさい》の栽培を見学したが、それはキュウリでもトマトでも、株の間隔を厳密に決め、その上に細い配管を施して、そこから一滴一滴株の近くに水を垂らし続けるというやり方だった。

昔ブラジルで農業をしていた人といっしょに、日本の農村を歩いた時、その人が私に尋ねた。

「一般の畑に、水はどういうふうにやるんです？」

「水？　まあ時々乾きすぎて水やりをすることもありますけど、大体適当な時に雨が降るんです」

「え!?　ほんとですか」

「というより、そういう季節に合わせて、作物を作るんです」

私のうちでは、私が「口だけ達者」な素人農民（こんな単語はほんとうはないのだが）で、いつも少しは蔬菜を作っている。私自身、普通の都会生活者より知識はあるのだが、鍬《くわ》を使わせたら見ていられない。鍬で畝《うね》の上に種を蒔くための平らな面を作ることさえうまくできない。

しかしとにかく、真水が簡単に手に入るということは、何ものにも代えがたい大きな恩恵だ。余計なことだが、ブラジルから来た女性は、日本の水道の水で顔を洗っているだけで、顔も手もつるつるになってきたと言っていた。ブラジルの水は硬水なのに対して、日本の水は軟水だから、「ただの美容液」のようなものなのだそうだ。

人間は与えられているものの価値は、すぐに忘れるか、評価しない。しかし「ないものを数えるより、あるものを数えたほうがいい」という幸福の極意は忘れないようにするべきだ。そして更にあるものを増やしていけば、日本人は幸福な国民になれるはずなのである。

猫にも個性があって、
まったく抱かれない猫もあるという。
温もりは言葉なのだ。

夜彼女が私のベッドに入って来ると、
私はじっと抱いている。
雪は私が懐かしくてそうするというより、
最近では、
律儀に私に一日が終わった挨拶をしに
来るような気さえすることがある。

猫の言葉

女の子は人形が好きだと言うが、私は昔から人形を避けていた。今思い出してみると、一、二体、長く身近においていたのもあるが、名前も顔も思い出せない。やや長じると、逆に人形が気持悪くなった。人間の姿をしているのに動かない。声を出さない。

名前も関係も忘れてしまったが、一度人形好きの、年上の女性の家を訪ねて、ぞっとしたことがある。部屋中に人形が立っている。大きいからなおさら人形が生きていないことをこちらに感じさせる。夜になって、動きもせず声も出さない人形と、無言で何時間でも向かい合っているかと思うと、私は怖くなったのである。

その点、今、私が一緒に暮らしている二匹の猫との関係は健全だ。雪という名の白い雌は長毛で、私が半眠りになりかけると、ベッドに飛び乗って来て、私の頬のあたりにうずくまって寝るので、私は時々痒い吹き出物に悩まされる。アレルギーなのだろうか。

しかし私がその接触を楽しむのは、何より彼女が温かいからなのである。考えてみればかわいそうな境遇だ。生まれて百日前後で生みの母親から取り上げられ、ブリーダーの手で売られて、結局私が買う（飼う）ことになった。私は初めのうち、どこかで生まれて要らないと思われている仔猫をもらってくるつもりでいたのだが、当節そんな猫はほとんどいないことがわかった。

私が地方のホームセンターでこの仔猫を買って来た直後、私は何度かこの仔の生みの母を探し出し、最後に一度でいいからおっぱいを飲ませてやりたいと感傷的なことを考えたものである。もうこの仔は完全に普通の大人用の猫餌を食べていたにもかかわらず、毎晩、抱くと必ず私の寝巻の一部をしゃぶり、それで母親のおっぱいを飲んでいる気持になっていたらしかった。買った場所を知っているのだから、そこからブリーダーを辿って行けば、この仔の本当の母親はわかるだろう。しかしそうしたからといって、人間ではないのだから、親子の縁がずっと続くわけではない。

今でも、夜彼女が私のベッドに入って来ると、私はじっと抱いている。雪は私が懐かしくてそうするというより、最近では、律儀に私に一日が終わった挨拶をしに来るような気さえすることがある。しかし私が雪を暫くの間抱くのは、動物には体温、つまり温もりが必要だと思っているからだ。しかし猫はそんなにセンチメンタルではなく、抱かれると間もなく暑苦しくなるらしく、私の脇をすり抜けて、本当に寝るために床の上に下りる。床は広々して自由だから、寝床としては最高の場所なのだろう。猫の仔も、人間の子も同じだ。大人になると自由な世界を求める。

高齢者にせよ、独身者にせよ、求めるのは一緒に暮らせる友人だという。性格の一致は無理にしても、同居する相手は簡単に見つかるだろう。ただ親しい同居者にしても、肌に触れ合うということはあまりない。その点、猫は人に抱かれている。その時人間も温かいし、猫も人肌の温もりを快く思っているらしい。この温もりとは一体何なのだろう、と思うこともある。

猫にも個性があって、まったく抱かれない猫もあるという。温もりは言葉なのだ。猫にも、言語的能力の優れたのと、そうでないのがいて、雪はかなり言語を解する。そうなったのは、私がいつも雪に向かって喋っているからかもしれない。

昔、私の知人が言っていた。

「遠くに住んでいて、まったく寄りつかない息子より、ずっと猫のほうがいいわ」

かどうかは別として、温もりとは言葉なのだ。

人生の傷は痛いか

人間は一般に、
長寿を果たし穏やかに
「畳の上で死にたい」という。
確かにそれは「死者の始末」として
一番楽な結果だ。

多くの人間が
「人並みな運命」を希《ねが》っている。
つまり世の中の多くのことは
「面倒が起きずに済めばめでたし、めでたし」
なのだ。

人生の傷は痛いか

性格として私は、普段から理詰めでむしろ屁理屈をこねる趣味さえあるように見えるだろうが、実はかなり徹底した運命論者である。十代の前半に大東亜戦争を体験し、何度も空襲で身に迫った危険も体験したから、自分さえ頑張れば世の中はうまく行くものだ、とは思えなくなった。

私は仕事柄、少し変わった運命に出会った人とも会うことがあり、その話を聞いてみると平凡な運命がいいか、怒濤《どとう》の如き生涯を送ることがドラマチックですてきと判断すべきかさえわからなくなった。

人間は一般に、長寿を果たし穏やかに「畳の上で死にたい」という。確かにそれは「死者の始末」としては一番楽な結果だ。多くの人間が「人並みな運命」を希《ねが》っている。人並みなら文句を言わないから周囲が楽なのだ。

つまり世の中の多くのことは、「面倒が起きずに済めばめでたし、めでたし」なのである。

卑怯な私は他人に対しても「人並みなら、文句を言うことはないでしょう」という姿勢で接して来たし、自分にも「人並みなことをしてもらって何が不服だ」としばしば呟いて来たのである。

間もなく戦争を知っている世代はいなくなるというので書いておくのだが、私たちの仲間には、銃で撃たれた経験や日本刀で斬られた体験を持つ人ももうあらかたいなくなった。一連のオウム真理教事件の後、何者かに狙撃された元警察庁長官の國松孝次《くにまつたかじ》氏にお会いした時、私は

「銃にお撃たれになった時、お痛かったですか？」

と質問した。もっともこの問いは、当時氏の傍で仕えていた人には、悪評だったらしい。私は当時日本財団の会長として働いていて、仕事の先で國松氏にお会いした時に伺ったのだ。すると氏は

「その時は全く痛くありませんでした」

と答えられ、私は

「ではその瞬間、何を考えておられました？」

と伺うと、

「『困ったことになった』と思いました」

と穏やかに言われた。

今私がここで言おうとしているのは、更に「狙撃された警察庁長官」の立場の重さを考えているのでもなければ、民間に銃が普及していない日本社会の幸運を

改めて讃えようというのでもない。

実はこの経験を書いた記事が紙面に載ってしばらくすると、一人の男性からの投書があった。

その方の知人は戦争中、当時の「支那」で日本刀で斬りつけられた。カミソリで指先を切っても痛いのに、四肢のどこかを日本刀で斬られたのである。しかしその人の体験談によると、彼は痛みを感じなかった。

後で物知りの何人かが私に話してくれたところによると、人間の脳内には一つの隠された仕組みがあって、重傷を負うと脳内モルヒネが出て、一時的に激痛を感じなくなるという。広島、長崎で被爆して焼けただれてボロのようになった皮膚をぶら下げて歩いていた人たちが、激痛も「なく」か「感じず」、どうにか家まで辿り着けたらしいのは、その作用のおかげだ。

それを知って以来、私の中に「半信半疑の信仰」が生まれている。

「人には、耐えられないほどの苦痛は与えられないのだ」ということだ。当たり前だ。耐えられないほどの苦痛という言葉から察すると、それほどの苦痛がある時には、人には既に恩恵としての死が必ず与えられているのだ、という慰めである。

制服と行進

人間は必ず何らかのグループに
所属して生きているのだ。
国家、居住地、職場など……。

行進をきれいだと思わせるには
色の統一が必要だから、
それ以前に制服を着用する多くの人間が
要ることになる。
しかし最近の人は
「大人の制服」を好まないから、
美しい行進を見せる場はない。

制服と行進

私は決して軍国主義者ではないし、団体生活を愛するものでもない。しかし日本には制服を着た若者たちが整然と並んで歩くという機会がなさすぎる。少しはあった方がいいのだ。それができると団体行動がとりやすくなり、自分が集団の一員であることも納得できる。ある国家の国民であるという納得もその一種だ。

私の年になると、もうごく幼い時にしか軍国主義的な催しはなかった。従って、団体で歩くという機会もない。しかし私は年に一度くらいは、集団で行進をやってもいいと思う。人間は必ず何らかのグループに所属して生きているのだ。国家、居住地、職場など……。

戦後になって、資本主義か社会主義かということになると、資本主義は、入場行進などというものをやめた。多くの人間を一度に一ヵ所に集めるということが資本主義の好みに合わないし、行進よりもっとおもしろいことが、世の中にあると考えられるのだろう。

行進をきれいだと思わせるには色の統一が必要だから、それ以前に制服を着用する多くの人間が要ることになる。しかし最近の人は「大人の制服」を好まないから、美しい行進を見せる場はない。

一度だけ私は、いわゆるパリ祭の日に、パリの凱旋門の傍で、革命記念日のパレードを見せてもらったことがある。ところがアナウンスがフランス語なので、目の前を通る部隊がどこのどういう兵科の人たちか、切れ切れにしかわからない。

隣席の人物は英語を話すイスラエル大使館の人らしいとわかったので、私は自己紹介をし、「今は小説を書いていますが、将来スパイになりたいと思っているので、出てくるミリタリーグループを教えてください」と言うと、彼は笑いだし、以後大変親切に、無知な私の解説者になってくれた。

その日壮麗な流れのようになって続いている各国の軍隊を支えていた軍楽隊の音楽が、ある時突然切れ、素朴な太鼓だけが「テレレ、テレレ」と鳴り始めた。それをきっかけに、それまでの軍とはまったく違う素朴な服装の部隊が現れた。動きを見せなかったプレスのカメラマンたちが、一斉にそちらに向かって走っていく。それが有名なフランスの外人部隊なのであった。つまり彼らの行進曲は自前の太鼓だけで、正規の軍楽隊の演奏さえ、外人部隊の行進の時は演奏されないのである。

日本人は、差別を受けることに敏感過ぎる。恐らくフランス人だったら、自分の才能をわからない奴などと付き合う必要はない、と考える姿勢があるから外人部隊にも入りやすいのだろうし、壮麗ではあるが、平凡な既存の軍楽隊の行進曲などではなく、それこそ不穏の地で闘う正規軍ではない部隊の行進曲は自前であるべきだと考えるのだろう。

こんなふうに考えてみると、文化の統一がいいのか差別化がいいのかわからない。

しかし、イタリアに住む知人は、ある日ミラノの大聖堂の前を通りかかり、かつて見たことのないほど多くの「制服」が集まっているのを見た。本当は目的地へ行くのをやめて、誰もが入れるはずの大聖堂に入って催しを見たかったのだが、通りがかりの人に何が行われているのかだけを尋ねた。

すると、それは第二次大戦に一兵卒として参加した最後の生き残り兵だった老人の葬儀なのだ、ということだった。集まった制服の男たちは、陸海空軍、警察、それに納税署まであらゆる制服を着て参列していたのであった。

彼らはつまり、すべてのこの町の住人代表として、この老人の死を見送っていたのである。制服さえ着ていれば、誰もが一目でわかる。それで人々は、町を挙げてこの老人の、かつて国に尽くした功績を讃えていたのであった。

夫の暮らした書斎その他を、
そっくりそのまま記念に残したい、
という人もいるが、
そうした精神的なものは、
すべて私の記憶の中に
刻まれているから不必要だった。

空間とは可能性ということだ。
心、知識、人情、すべて人間の体内で
それらを取り込む空間がないと定着しない。
だが、物に溢れた現代は
取り入れる余裕がない。

空間を守る

人にはいろいろな趣味があるらしい。

刺繡《ししゅう》をする人、漬け物に凝る人、子供を有名な学校に送らないと気の済まない人、庭に花を植える人……。

どんな趣味も、現在の日本では許されるところがいい。めいめいの懐具合や体力に応じての範囲なら、である。私は庭に花を植えるのも好きだが、他人から趣味と言われるほど凝る気力はない。

しかし眼には見えなくても、私が心理的にいつも関心を持っていることはある。

それは自分の家の中に残しておきたいという微かな情熱である。

私の家はもう六十年以上昔、基本的には親が建てた家で、改築の時私たちの好みをかなり生かして設計変更をした。その時、私は間数を減らしても、一部屋として大きな空間を作ることと収納の部分を取ることに執着した。昔風に言うと納戸である。どうせ私のことだから未整理、買いすぎ、捨てられない物がいつもあるに違いない。それは仕方がないのだ。空間は変幻自在、その時々で使用目的を変えていいのだ。

しかしいずれにせよ、空間はなければならない。私たちの家でも空間を確保する、ということは基本的に大事なことだ。

夫が亡くなった後、私は一年と経たないうちに、片づけを始めた。夫の暮らした書斎その他を、そっくりそのまま記念に残したい、という人もいるが、そうした精神的なものは、すべて私の記憶の中に刻まれているから不必要だった。本の整理は私の体力に余るので、私が死んだら一緒に片づけて、と息子に託してある。

そのような基本が決まり、大体その線に沿って整理をしたら、かなり空間が増えた。私は時々親しい友人に空の戸棚を開けて見せ、

「ほら、家中空間だらけでしょう」

と自慢した。友だちの中には、

「終戦直後だったらこういう家は貧乏って言ったものよ」

と言う人もいたが、私はいい気分だった。お金が増えたわけではないけれど、酸素の量は確実に多くなったような気がしたのである。

空間とは何だろう。

空間とは可能性ということだ。心、知識、人情、すべて人間の体内でそれらを取り込む空間がないと定着しない。しかし、現在の私を含めた人間の生活は、物に溢れ、時間もなく、つまり新しく外界から、物質や知識を取り入れる余裕がな

いような気もする。

私くらいの年になると、家の中に物が多すぎたら、まず真っ直ぐに歩けない。真っ直ぐ歩けないほど物が多いと、躓《つまず》いて骨折したりもっと重篤な障害につながる場合もある。

もう若くはないことを考えれば、確実に有効なものを取り入れられるという保証はないけれど、爽やかな可能性に満ちた空間を保持したいので、私は毎日、物を捨てることにかなり熱心なのである。

私は六十歳から、治療や予防の
過度の医療行為を受けないことにした。
風邪は始終ひくが、漢方薬を飲んでいる。
病気の時は怠けて寝て、
時々熱い紅茶を飲むくらいで、
薬と名のつくものは一切飲まない。

もっとも何歳で死ぬのがいいかは、
誰にも答えられない。
だから気にする必要はない。
個人の死期を決めるのは
「神仏」のお仕事だと思っているから、
私は気が楽だ。

目的までの長短

つい最近のことだが、私は何の不都合な理由もないのに、世間で言う病気のように力がなくなり、何日か寝て暮らしていた。

調べても悪いところがあるわけでないことは自分自身でもわかっている。血圧が時々、最高で一〇〇くらいに低くなるという不都合はあるが、つまり高血圧ではない。八十七歳という高齢以外、私の体に病気はないのである。

私は六十歳から、治療や予防のための過度の医療行為を受けないことにした。風邪は始終ひくが、漢方薬を飲んでいる。病気の時は怠《なま》けて寝て、時々熱い紅茶を飲むくらいで、薬と名のつくものは一切飲まない。面倒くさくなったのである。これも年のせい。血圧は自分で測れるし、お医者にはかからないことに決めているから、つまり私はずっと健康なのである。

現実には、足の踝《くるぶし》の左右同じ個所を十年くらいの間に二度骨折した。それでも怪我は病気ではないと私は言い張っている。しかし病気と同じ扱いで国民健康保険をたくさん使ったから、「国民の皆さま」に申しわけないと感じている。だから今後は怪我をしないように気をつけ、ついでに病気にも罹らないことにした。こういう心理状態で、私はずっと生きているのである。

日本社会の不自然なところは、高齢者が適当な時に死なないことである。感謝を忘れてはいけない。長寿が、社会の理想だったのだ。

もっとも何歳で死ぬのがいいかは、誰にも答えられない。だから気にする必要はない。個人の死期を決めるのは「神仏」のお仕事だと思っているから、私は気が楽であった。

自殺はその観点から見ても、最も思い上がりの激しい人のやることだと思う。死期だけは、人間の分際で介入してはいけない。治癒するために一応努力してみて、その結果はもはや「人間業」ではないのである。だから人間は、その個人として最も適切な年齢に死ぬようになっている。その自然な運命を乱すのが、事故と戦争だから、この二つの社会現象だけは起こさないように、社会は努力すべきなのである。

考えてみると、私は運命という言葉がかなり好きであった。子供の時以来、「あなたは自分で責任をとって、ちゃんとやりなさい」という言葉を、うんざりするほど何度も聞かされてきた。何の結果でもすべて私の個人的な行動の結果だと言われると、うんざりしたこともある。こうなったことの理由は、運命として誰かに少しは押しつけたい。

しかし個人の生涯は、運命だけで決めきれない。その結果、わりと最近になって、世論も変わってきた。長寿になったのだから、老人も勉強しなくてはならない。生涯学習が必要と考えられ、「シニア大学」を開こうなどという気運まで出てきた。

老人は気楽に暮らしたらいいのである。盆栽をいじるとか、雑種の犬を息子のようにかわいがるとか、日本中の河川を見に行くとか、することはいくらでもある。しかしもう大きな目標を立ててがんばる年ではない。

かなりの高齢者になっても、まだ大学の聴講生になって、若者と一緒に学ぶとか、死ぬまでに『源氏物語』を全巻読み通すとか言っている老人を見ると、私はそっと席をはずしたくなる。人生の目的には長期的なものと、短期的なものがある。人間はその年齢に合わせて目的を決めなければ、長すぎる服を引きずって転びそうになったり、短すぎる衣服で半裸になったり、どちらにせよみっともないことになりそうな気がするのである。

『婦人公論』二〇一七年五月二三日号～二〇一八年一二月二五日・二〇一九年一月四日合併特大号連載「暮らしごと・ひとりごと」全二〇編を加筆・再構成しました。

寂しさは埋まらなくても、友と猫と食事があれば

生活のテンポは変えずに暮らしたい

夫の死後、「生活はいかがですか?」とよく聞かれるのですが、私自身はあまり変わらず、ごく普通に過ごしています。そうあろうと心がけてもいました。そのほうが、夫も安心するだろうと思うからです。

昼間は、これまでと変わらず、長年勤めている三人の秘書が交代で来てくれています。台所のことを担当しているブラジル人のお手伝いのイウカさんも、二十

年近くうちにいてくれて、みんな家族みたいなものです。最近、イウカさんの唯一の身内だった妹さんが亡くなりました。私が死んだあとは妹さんと暮らせるだろうと思って安心していたのに、残念です。いまは私と二人で、お菓子でもなんでも半分こしています。

月のうち十日間くらいは三浦半島の家で過ごします。畑でとうもろこしやジャガイモなどを育てているので、収穫して東京に持ち帰るのが楽しみのひとつです。美味しい魚も買いやすいですしね。

このような生活は、夫が生きているうちからずっと変わらずに続けてきたこと。私同様に夫に先立たれた妻のなかには、夫が残した財産で華やかに暮らしたいという人もいれば、先行きが不安だから生活を引き締めてお金を貯めたいという人もいるでしょう。けれど、極端な変化を望むのは、それまで無理をしてきた証しではないでしょうか。夫が生きているうちに、自分の納得できる生活のテンポを作り、なおかつ我を忘れて没頭できる、好きだと思える何かを持っていることも大切です。ボランティア活動でも、墨絵や刺繍などの趣味でも、なんでもいいのです。

私には書くことがあるので便利でした。結婚した時にはすでに書いていましたから、六十四年、書き続けています。それさえあれば、私はできるだけ生活は同じほうがいい、変わらないのがいいと思っています。

残ったのは介護ベッドだけ

夫が亡くなってから、丸一年かけて家の中を片づけました。夫のものも自分のものも、部屋ががらがらになるほどにあらゆるものを捨てて、いまや我が家は道場みたいですよ。

夫はとくに趣味もなく、何もいらないという人でした。七畳ほどの部屋には、作り付けの書棚があり、そこに最低限の必要なものだけを置いていて、飾りなど何もない。小さな洋服ダンスがひとつありましたが、それも全部片づけてしまった。

三十足の靴と洋服は、山谷（東京・台東区）でアルコール依存症の方の支援をしている団体に引き取っていただきました。ネクタイはくたびれたものは処分し、親しい方に二十本くらい引き取ってもらった。お使いになるなら、どうぞと。夫の蔵書には手をつけていません。私の分と合わせて息子に託すつもりです。息子はいま関西に住んでいて、たまに顔を出してくれる程度ですが。

困っているのは、介護ベッドです。夫がこの先何年か自宅で老後を送るものとばかり思っていたので購入したのですが、届いたのは最後に夫が入院した日だった。いまのところ、私の背中の痛みを和らげるためにマッサージの先生がいらした時に使うだけで、夜寝ることはありません。貰い手があれば差し上げたい。

もともと私は、捨てること、整理することが大好きなんです。戸棚を開けて、中に空気だけ入っているのを人に自慢したくなる。だって、気持ちがいいじゃないですか。「そんなの貧乏ってことじゃない」と笑われますが。

けれど、約一年半の介護が終わった直後から、そんなふうに片づけに勤《いそ》しんでいたせいか、疲れが出たのかもしれません。最近は、熱が出て一日中寝ていることも増えました。六十四年休みなく書き続けながら、この家で自分の母と、夫の両親、そして夫を見送りました。その間、十年は日本財団の仕事をし、各国への支援にも多少関わりましたから、疲れるのも当たり前ですね。少し休みたいのです。明日、あるいは一週間先に締め切りがあるという仕事は徐々に整理しようと思っています。

食卓に招き合うことがなぐさめになる

私は常に死別ということを考えてきました。誰に対しても、別れること、壊れること、会えなくなることを考えます。戦争を経験しているということもありますが。どんなに幸せな時も死や破局を考えているから、たいていのことは、夫の死であっても、「思ってもみないことだった」とは言わない。絶望をしないですむのはそのせいかもしれません。

夫がいなくなった、その心理的空間は、技術としては埋めようがないのです。不在による寂しさは仕方がない。仕方がないことをぐずぐず言うのは嫌です。夫を亡くして落ち込んでいるという人は、徹底的に落ち込むのも自然の経過でしょう。死別に限らず、すべての悲しみは自分で引き受けるしかないのです。

私は五十歳になる直前、視力を失いかけ、その時はとても落ち込みました。けれど、目が悪いという私ひとりの運命を自己流で身につけて鍼《はり》の技術をさらに磨いて、東京一の鍼灸師になろうと考えました。私、独学ですが鍼が打てるんです。苦境においては、納得するまで一人で迷って、苦しむしかない。万人が万人、例外なくそれぞれに苦しむのです。

また、私はいつも難民のことを考えます。住む家もお金もすべてを失い、子どもを連れて追い立てられ、それでも耐えてきた人もたくさんいる。私には今晩住む家があり、清潔な場所で眠れるのだから、文句は言えないと思います。

それに、手を差し伸べてくれる友人もいます。雨の降る寒い晩に、「ひとりでいるよりすき焼きを食べにうちへ来ない？」なんて誘われたら嬉しいですものね。でも、この二十年くらい、ご家庭に呼んでいただく機会が少なくなりましたね。

食事は、人と一緒に食べるのが一番いい。人間は、お互いにご飯に招き合うべきだと思います。たいしたものがなくてもいいんですから。

夫が亡くなる少し前、うちの台所に変な形のテーブルを作ったのです。お手伝いさんも私も七十歳を過ぎていますから、二人ともだんだん体力もなくなってきて、食堂のテーブルまで食事を運んでもらうのも申し訳ない時がありました。台所の流しから一・五メートルのところにそのテーブルを作ったから、煮物ができたらすぐに並べられる。お醤油を出すのもすぐ。とても気楽でしょう。そのテーブルを囲んで賑やかに食事をするようになりました。

カトリックにおいても、食事は大切なものです。「コミュニオン＝共食」という考えがあり、それは食べ物のみならず精神的なつながりやなぐさめにも波及します。

昔、ペルーの田舎町を訪ねた時のこと。日本で集めたお金で現地に幼稚園を建てるための旅でした。レストランなどないようなところでしたが、戸外の葡萄棚の下のテーブルに案内していただきました。ひとつ空いている席があったので、隣の日本人の神父様に小声で「どなたかいらっしゃるのですか?」と聞きました。するとと、「いいえ、誰も来ないと思います」という答えなんです。あとで聞いた話ですが、それは「神の席」と呼ばれるものだったのです。通りがかりの貧しい人や旅人を招くために、いつもひとつ空席を作るのだとか。一般の家庭でも毎日そうしている人がいると言います。

日本ではそんなことは皆無でしょう。日本人は友達同士でもしない。日本人が貧しくなった理由だと思います。めざし三本に味噌汁だけでいいのです。夫を亡くして寂しいというような人こそ、互いの食卓に招き合えばいい。

新たな人間のつながりによって、人生を知るんですね。女たちのお喋りは、なぐさめにもなり、「知り合い度」を深めることにもなるのです。お金もかかりませんよ。

もちろん、それでその人の寂しさを完全に埋めることはできませんし、問題を

100％解決できるわけではありません。けれどこの瞬間、誰かとご飯を食べてお喋りをして、疲れて帰れば余計なことを考えずにすむかもしれないし、人の話を聞くことで、やっぱり世の中にはいろいろな苦労があるのだとわかるかもしれない。

窓を開けておく、と言います。いつも自分が一番不幸だと思うのは、窓を閉ざしているからです。窓を開ければ風が吹いて、「そうでもないよ」と言うのではないでしょうか。

〝し残しなし〟で死ぬことはできない

夫が亡くなったあと、彼の部屋を整理していて偶然見つけたへそくり十二万円で猫を買いました。それがオスのスコティッシュフォールドの直助です。猫に詳しい方に、猫は一匹で飼わないほうがいいよと言われたので、二匹目を買いました。メスの雪です。

二匹の猫は、朝目覚めると私の部屋の前で待っている。餌をやらなきゃいけないから、寝ていたくても起きて、二匹を従えて下へ降りていきます。そうでなければ、いつまでもベッドの中にいるかもしれない。

私は、この家では「猫のお母さん」と呼ばれているのです。庭に咲く花なら数日水をやらなくても大丈夫ですが、動物は違う。毎晩寝る前には、ぎゅっと抱いてやるようにしています。そういうことは手抜きをしません。

「袖振り合うも他生の縁」で、周りの人が明るくなれるように、ささやかなことをすることを最後まで理想としていきたいと思います。体力がなくなり、さぼるようにはなってきましたが、お手伝いさんの健康も大事ですから、食事はなおざりにはしない。今日も駅前のスーパーでいろいろと食材を買ってきました。

人間はもちろん、猫にいたるまで、「今晩この屋根の下」にいる命に対しては、責任があると思っています。近々、イギリスにいた孫夫婦が日本へ帰ってきて、我が家の隣の敷地の別棟で暮らす予定もあります。孫の奥さんとはまだそれほど親しくなっていないのですが、隣で暮らせば一緒にご飯を食べることもあるでしょう。

そして、いましたいことと言えば、旅です。九月には、もし体力が許せばマダガスカルへ行きたいと思っています。マダガスカルはアフリカ大陸の南東に位置する島国。首都アンタナナリボの空港から三時間半ほど南下したアンチラベ市の病院で、一年に一度、口唇口蓋裂の子どもたちへの治療と手術を、日本のドクターたちにしていただいてきました。昭和大学の土佐泰祥《やすよし》先生に中心となっていただき、二〇一一年にスタートした事業です。八回目の今年がプロジェクトのひとまずの区切りとなります。

また、書きたいこと、書いておくべきだろうということはまだたくさんありますが、さて、どれだけ書けるものかわかりません。野上弥生子さんは九十二歳までお書きになっていたはずです。老年には老年にしか書けない何かがあるでしょう。

〝し残しなし〟で死ぬことは絶対できない。だから、75％くらいできればいいと思っています。できるだけし残しを少なくして、それで最後を迎えられたら人間的ですね。

（『婦人公論』二〇一八年九月一一日号）

著者と雪

あとがき

自分流のすすめ

私は、人から嫌われても平気な、自分流な性格なのかもしれない。

〝平気〟というのは、決して思い上がりで言っているわけではなく、仕方ないと思っているのだ。五十代の時、結婚式の案内をいただいたのに、欠席したことがある。しかも私は、「結婚式に伺えなくてごめんなさい」という手紙や電話さえ、送らなかった。

当時、私は実母と舅姑、三人の老いた親の面倒をみていて、そのうち二人の具合が悪くなっていたので、自分自身が潰れそうだった。連絡するどころではなかったのである。相手の方は理解してくださるかもしれないが、もしお怒りになったとしても、仕方がないという感じだった。

パーティーの類は昔からずっと出るのが嫌いだった。人中に出て、知人のような、そうでないような方に会うのがつらい性格だったのである。そのうち次第に人生の時間は限られているから、義理を立てて、不得手なものに無理して出かける必要はないと思えるようになった。本当に行きたいところにだけ行くことにしたのである。回数を重ねると、皆さん、私が悪意で欠席しているわけではないと思ってくれるようになって「あのバアさん、いつも来ないんだよな」という感じになったような気がする。

気が利かない人、失礼な人間と思われたらどうしようと、不安になる人もいるらしいが、気が利かない人だと思われてしまったほうが楽な面もある。トンマな人がたまに何かいいことをやると、「あら、たいしたものね」と思ってもらえる原理を利用するのだ。

あれもこれもやろう、というのは無理。大人は、やることを選ばなくてはいけない。

私は、すべての物事に関して、優先順位を決めるようにした。それも、一日単位で決める。今日はまずこの原稿を書いて、植木鉢に水をやり、あの書類に目を通して……という具合に重要な順にやっていくと、二つ、三つ片づけたら、たいてい時間切れになる。そこでよしとし、残ったものは翌日に先送りにするか、あるいはもうやらないと決めてしまう。義理のおつきあいは——若い方ならさしずめメールで何かレスポンスするといったことかもしれないが——私の優先順位では忘れてもいいことになっている。できなくても、諦めるという姿勢が大切だ。

人と約束したことでも、十日以上延ばしても結局片づかなかったようなことは、ごめんなさいと謝るしかない。私の能力に余っていたのである。相手が寛大な人だったら許してくれるだろうし、ダメだったら諦める。諦めるというのは実に大切なことである。許してくれない人は、こちらを見捨ててもらう。捨てられる側になったほうがいい。見捨てるより、見捨てられるほうがいい。

身内であれ、他人であれ、必ず傷つけ合う部分があるのが人間関係だろう。人から理解されたい、わかってもらいたいというのは最初から無理なことだと思うようになった。

追悼文も書かない。本当に大切だった人のことなど書き切れないものなのだ。

＊　＊　＊

人生後半に入ったら、立ち止まらなくてはいけなくなる。悲しくても立ち止まり、不運なことにも立ち止まり、嫉妬をせず、人を羨まず。そして一番重要なことは、諦めること。「なせばなる」とか「諦めない」というスポーツマン的な根性論は、私には恐ろしく思える。

世の中には、頑張ってもどうにもならないことが、いくらでもある。私はアフリカの現状を何十年と見続けてきた経験から、運命の不公平があるのが人間世界なのだと痛感した。少なくとも、それをわかっている人としか、つきあいたくない、という気になっている。残りの人生も、私は自分にも多くを望まないで過ごしていきたいと希っている。

基本的に、私は何に対しても最善を求めない。次善でもよし、次々善でもよし、という姿勢で物事に向き合う。こうなったのは、私の生い立ちによるところが大きいかもしれない。幼い頃から、私の両親は仲が悪く、家のなかはいつも修羅場だった。

父がいる時は両親の言い争いが絶えず、母は私を道連れに自殺を図ったこともあったのだ。未遂に終われたのは、私が止めたからなのだが、そうやって生き残った娘は、その経験から「人生なんてろくなところではない」ということを学んだ。この世に確かなものなんてない、運命は時に人を途方もなく裏切るものだと、それ以来、ずっと私は思っているのである。

以降、私が常に人生で「最悪」を想定して生きるようになったのは、自分を守るためだったのだと思う。現実が想定していたより幾分でもマシであれば、絶望せずにすむからだ。それに、しょせん人生なんてその程度のものだと、私は思ったのだ。完全なんてありえない。何かがいつも欠けている。どれかを諦め続ける。それが私の人生だろうと、考えるようになったのだ。

このように〝苦労人〟として育ったことは、その後の私の人生に色濃く影を落とすことにはなったが、今振り返って思うのは、そんな経験もまた人生の財産だった、ということだ。

「最悪」を予感してものを考えると、私は起こったことをすべてプラスにとらえることのできる「足し算の発想」で生きていられることになる。そうすると、あんなこともしていただいた、こんなこともしていただいた、という幸運の連続と思えるから、不満の持ちようがない。

ところが、今の日本人の意識は、「引き算の発想」になっているらしい。完全な豊かさや絶対的な安全を、世の中が与えてくれるのが当たり前と思っている。もらって当然という感覚だから、わずかでも欠けていると許すことができず、不平や不満を言い始める。こんな「引き算の不幸」に陥っている人がどれだけ多いことか。

＊　＊　＊

私はＮＧＯ活動のためにアフリカの僻地を訪問して中年を生きてきたが、あちらの暮らしを知れば知るほど、謙虚にならざるをえない。雨露をしのげる家に住み、毎日食べるものがあるなら、それだけで幸せだと思う。我が家も築六十年以上になるから、これまでに幾度となく「建て替えたいなあ」と思ったこともある。古い家で断熱材も入っていないから寒いし、雨漏りに悩まされたこともある。

生前夫の三浦朱門は、「死ねば三日で取り壊せる木造建築は、我々のようないつ死ぬかわからない年寄りが住むにはたいへん合理的である」と言っていたので今でも住み続けている。

私たち夫婦は最期まで一緒に暮らしたので、その間に、あらゆる老年の過程というものを学ばせてもらった。人間にどんなことが起こり、どうなっていくかは、よくわかっているつもりである。

人生とは、日々の当たり前のことの積み重ねで、充分なのである。

二〇一九年三月

曽野綾子

本書は、『自分流のすすめ――気ままな私と二匹の猫たち』（二〇一九年三月、中央公論新社刊）に、「寂しさは埋まらなくても、友と猫と食事があれば」を増補し、改題したものです。

ラクレとは…la clef=フランス語で「鍵」の意味です。
情報が氾濫するいま、時代を読み解き指針を示す
「知識の鍵」を提供します。

中公新書ラクレ
780

人生《じんせい》は、日々《ひび》の当《あ》たり前《まえ》の積《つ》み重《かさ》ね

2022年12月10日発行

著者……曽野綾子《そのあやこ》

発行者……安部順一
発行所……中央公論新社
〒100-8152 東京都千代田区大手町1-7-1
電話……販売 03-5299-1730　編集 03-5299-1870
URL https://www.chuko.co.jp/

本文印刷……三晃印刷
カバー印刷……大熊整美堂
製本……小泉製本

Published by CHUOKORON-SHINSHA, INC.
Printed in Japan　ISBN978-4-12-150780-8　C1295

中公新書ラクレ　好評既刊

L585
孤独のすすめ
――人生後半の生き方

五木寛之 著

「人生後半」を生きる知恵とは、パワフルな生活をめざすのではなく、減速して生きること。「前向きに」の呪縛を捨て、無理な加速をするのではなく、精神活動は高めながらもスピードを制御する。「人生のシフトダウン＝減速」こそが、本来の老後なのです。そして、老いとともに訪れる「孤独」を恐れず、自分だけの貴重な時間をたのしむ知恵を持てるならば、「人生後半」はより豊かに、成熟した日々となります。話題のベストセラー!!

L627
歳を取るのも悪くない

養老孟司＋小島慶子 著

私たちはいつまで働き続けなければいけないの？　仕事が辛いときはどうしたらいい？　定年後は何を支えにすれば？　なぜ自分の気持ちをわかってもらえない？　夫婦関係って変わっていくもの？　人付き合いって億劫にならない？　老後のお金の心配は？　人生百年時代に不安でいっぱいの小島さんが、「年を取るっていいものです」と言う養老先生に率直な疑問をぶつけます。今とは少し違う景色が見えてくる、幸せに生きるためのヒントが満載です。

L632
ビンボーでも楽しい定年後

森永卓郎 著

見た目も若々しい人から一気に老け込んでしまう人まで、「定年後格差」が広がるなか、本書は、年金の範囲内で生活できる技術や態勢を説くとともに、生きがいづくりのヒントを盛り込みました。資産運用、住まいの選択、相続のポイントから、節約術あれこれ、トクする小ネタ集、対人関係の秘訣、ネットの活用まで、具体的知見をお届けします。全81本のまさに知恵の宝庫。本書は定年後を楽しむためのノウハウをまとめた現代人必須の一冊です。

L633

老いと孤独の作法

山折哲雄 著

人口減少社会、高齢社会を迎えたいまこそ、人間の教養として、「一人で生きること」の積極的な意味と価値を見直すべきときではないか。歴史を振り返れば、この国には老いと孤独を楽しむ豊かな教養の伝統が脈打っていることに気づくだろう。西行、鴨長明、芭蕉、良寛、山頭火……。宗教学者として、日本人のさまざまな生と死に思いをめぐらせてきた著者が、みずからの経験を交えながら、第二の人生をどう充実させるかを考える。

L641

医療費で損しない46の方法

原　昌平 著

イザというとき、おカネの不安を少しでも解消するには？　医療を含めた社会保障、社会福祉の制度はたいへん複雑で、しかも自分から申請や請求をしないと利用できない仕組みになっている。たとえその人が要件を満たしていても、利用できることを知らなければ損してしまうのだ。これからの人生百年時代に自分と家族を守るため、医療費の節約と公的給付の獲得について必ず知っておきたい最新情報をわかりやすくまとめた必携の一冊！

L649

入門！ 自宅で大往生

——あなたもなれる「家逝き」達人・看取り名人

中村伸一 著

人の最期は、〝延命か否か〟の簡単な二元論ではない。食べられなくなったとき、息ができなくなりそうなとき、心臓が止まりそうなときはどうすればいいのか。同居家族がいない場合は。かかりつけ医との付き合い方は……。「家逝き」を望む本人と看取る側は何に備えればいいのか。「村」唯一の医師として在宅医療、介護、看取りを支援してきた経験から四つの「家逝き」の極意を伝授する。国が推進する在宅時代の現実的な「解」を提示する。

L651

続・孤独のすすめ

——人生後半戦のための新たな哲学

五木寛之 著

人は本来孤独を恐れるべきものだろうか。あるいは、孤独はただ避けるほうがいいのか。私は孤独の中にも、何か見いだすべきものがあるのではないかと思うのです。（中略）孤独の持っている可能性というものをいま、私たちは冷静に見つめ直すときにさしかかっているようにも感じるのです（本文より）。——30万部のベストセラー『孤独のすすめ』、待望の続編！　世に流布する「孤独論」を退ける、真の「孤独論」がここに完成した。

L654

もう一度　花咲かせよう
――「定年後」を楽しく生きるために

残間里江子 著

会社をリタイアしたからといって、人生は終わってはいない。還暦になろうが古稀になろうがそれがどうしたというのだ。やりたいことがある。やり残したことがある。このまま終わりたくない。社会のために生きていきたい……そんな気持ちが少しでもあるのなら、思い切って新しい一歩を踏み出して欲しい。人生に最後の花を咲かせたいと思っているすべての大人たちに捧げる応援の書。「定年後」を楽しく生き抜くヒントに溢れた一冊です。

L655

独学のススメ
――頑張らない！「定年後」の学び方10か条

若宮正子 著

「趣味がない」なんてしょんぼりしなくて大丈夫。「やりたいこと」の見つけ方、お教えします。何歳からでも〝成長〟できます。定年後はますます楽しくなります――。定年後に「独学」でプログラミングを学び、世界最高齢のアプリ開発者として一躍有名人に。英語のスピーチはグーグル翻訳で乗り切り、旅先で知り合った牧師さんの家を訪ねてみたり。自由気ままな84歳。毎日を楽しく生きるコツは、頑張りすぎない「独学」にありました。

L665

精神科医が教える　親のトリセツ

保坂　隆 著

頑固な親に気持ちよく運転免許の返納をすすめることができますか？　最近の親子関係はより複雑になってきました。親とのコミュニケーションを上手に取らないと大変なことになります。高齢の親との話し方、接し方を含め具体例を交えながら、わかりやすく事例を紹介する親のトリセツ（取り扱い説明書）の決定版です。精神科医の著者が医学的見地から高齢化社会の問題を解決するバイブルの一冊。わがまま、融通が利かないと思うのはやめましょう。

L695

回想のすすめ
――豊潤な記憶の海へ

五木寛之 著

不安な時代にあっても変らない資産がある。それは人間の記憶、一人ひとりの頭の中にある無尽蔵の思い出だ。年齢を重ねれば重ねるほど、思い出が増えていく。記憶という資産は減ることはない。齢を重ねた人ほど自分の頭の中に無尽蔵の資産があり、その資産をもとに無限の空想、回想の荒野のなかに身を浸すことができる。これは人生においてとても豊かな時間なのではないだろうか。最近しきりに思うのだ。回想ほど贅沢なものはない。

L718

老いる意味

——うつ、勇気、夢

森村誠一 著

老いれば病気もするし苦悩もする。老人性うつ病を克服した著者の壮絶な体験を告白。だが、身体が老いても病を経験しても心は老いてしまうわけでない。老いを恐れず残された日々を自然体でいること。良いことも悪いこともすべて過去の出来事として水に流す。老いの時間を「続編」や「エピローグ」のつもりでなく「新章」にすればいい。夢は広がり、いくつになっても新しいことが始められる。米寿を迎えた作家・森村誠一渾身の「老い論」の決定版。

L721

増補版 わが人生記

——青春・政治・野球・大病

渡邉恒雄 著

詩人になりたかった幼いころ、哲学を愛した学生時代、徴兵されて苦悩し、反戦を願い、一時は共産党員になったことも。新聞記者として戦後の日本政治の修羅場を歩き続け、マスコミ界の伝説となった現在までの浮沈も波瀾も率直に記した一代記。ポピュリズムに警鐘をならし、プロ野球に鋭い提言を行うなど、著者の人生観、世界観が凝縮された戦後史の証言だ。病妻への思いを記した章などでは、ふだん見せない著者の人柄があふれ出る。

L750

なぜ人に会うのはつらいのか

——メンタルをすり減らさない38のヒント

斎藤 環＋佐藤 優 著

「会ったほうが、話が早い」のはなぜか。それは、会うことが「暴力」だからだ。人に会うとしんどいのは、予想外の展開があって自分の思い通りにならないからだ。それでも、人は人に会わなければ始まらない。自分ひとりで自分の内面をほじくり返しても「欲望」が維持できず、生きる力がわかないからだ。コロナ禍が明らかにした驚きの人間関係から、しんどい毎日を楽にする38のヒントをメンタルの達人二人が導き出す。

L759

老いを愛づる

——生命誌からのメッセージ

中村桂子 著

白髪を染めるのをやめてみた。庭の掃除もほどほどに。大谷翔平君や藤井聡太君にときめく——年を重ねるのも悪くない。人間も生きものだから、自然の摂理に素直に暮らしてみよう。ただ気掛かりなのは、環境、感染症、戦争、成長一辺倒の風潮。そこで、老い方上手な諸先輩（フーテンの寅さんから、アフガニスタンに尽くした中村哲医師まで）に学び、次世代につなぐ「命のバトン」を考えたい。生命誌のレジェンドが綴る、晩年のための人生哲学。

人生は、日々の当たり前の積み重ね

曽野綾子
作家

780
中公新書ラクレ

まえがき

「夫の後始末」その後

夫の三浦朱門《みうらしゅもん》は二〇一七年の二月三日に亡くなった。

亡くなってからの時間、私は見かけは明るく穏やかに生きてきた。友人の中には、私が以前と同じ家に住んでいるか、とまで聞いてくださった方があったが、

「私は同じ家で、同じように暮らしております」

と笑って答えていた。

何一つ変化を見せたくないような気がする理由の背後には、次のようなこっけ

いな真理がある。

もし夫の魂が幽霊のように空の高みから今でも我が家を見ているとしたら、私の家の中や庭が急にきれいになったり、それまでにないほど荒れ果てて来たら、夫の幽霊は、他人の家に来たかと思ってさぞかし迷うだろう。

どちらの変化もない方がいい。ただ、夫が生きていた時から、私は足元が冷えて寒い寒いと言って床暖房を考えていたので、その計画だけは続けることにした。

しかし他の生活では、見た目も全く変わらなかった。夫の死後飼い始めた二匹の猫だけが、家族の数を埋める大きな変化である。床暖房を一番喜んだのは彼らだろうと思うと、私は渋い顔になっていたが、同じくらい年をとった女友だちとおかしな会話も交わした。

「もうすぐ死ぬのに床暖房をするんだから、腹が立つ」

と私がぐちると友だちは言い返した。

「もうすぐ死ぬならお金残さずに使った方がいいじゃないの」

私は夫と実によく喋《しゃべ》って日々を過ごした。

最後の入院の時、病院の看護師さんはおそらく回復のきざしは期待できない、と思ったからだろう。

「しばらくすると、もうお話をされなくなると思いますので、今のうちにお聞きになりたいことは、お話しになっておいてください」

と言ったが私は、

「私共はもう六十年も一緒に暮らしましたから、充分に話はいたしました」

と答えた。

どんな問題についても、そして彼の死後でも、私は夫の答えがわかっているような気がしていた。私たちには基本になる姿勢があった。その姿勢はいくつもあったが、そのうちの一つは、カトリック的な解釈の基盤の上に暮らして来たせい

でもある。私たちは決して理想的な信者ではなかった。しかし私たちは、人間がすべて神の子であり、神はその人によって、彼又は彼女が持っているあらゆる特異な才能をお使いになる、と信じていた。

健康は一つの贈られた資質だが、病弱も人を考え深いものにする。秀才による世の中の進歩の恩恵に私たちはあずかるのだが、あまり頭のよくない子供の誠実さにもうたれて、徳というものはどんなものかを知るのである。

私の心の中では、夫が亡くなっても生きる指針はわかっていたが、私たちの毎日の時間つぶしはお喋りだったので、その相手がいなくなったことにはこたえた。

夫が亡くなって三ヵ月ほど経った或る晩、私は本を読む気力を失った。そういう静かな夜、私たち夫婦は会話をして時間をつぶしていたものなのである。相手のいない夜、友だちに長電話をするという人もいる。私はそれだけは自分に禁じていた。自分の虚《むな》しさを埋めるために、お酒を飲んだり、麻雀をしたりするのと、

長電話は同じようなものであった。

このどん底の気分も、私は現実的な方法で切り抜けた。テレビで、少し硬派の番組を見ることにしたのである。訳はついていたが、多くは、外国語の番組だった。そして自分の知らない世界が、あまりに多いことを覚えると、私は単純に感傷的になっていられない乾いた気分になれたのである。

＊　　＊　　＊

思えば、私は世界中を旅した。

フランスに住んだことはないのだが、昔、旧フランス植民地だった土地には仕事で度々《たびたび》行った。大しておいしい料理もない田舎だが、やはり町においしいパン屋はあって、焼き立てのパンさえあれば、この土地に長く住める、と私は思ったものである。

マダガスカルの田舎町の修道院に泊めてもらうと、朝食はこの焼き立てのフランスパン、修道女たちの手作りのママレードかジャム、マーガリン、インスタントコーヒーである。もっともそれにオレンジやバナナなど、修道院の裏庭になっている果物がつく。

国によって、フランスパンの長さが違うけれど、短めで太ったフランスパンをこの国の男は一食に一人一本、女も半分くらいは食べる。充分恵まれた食事なのだ。炊き立てのご飯の味と、この焼き立てのフランスパンのおいしさはどこか似ている。

マダガスカルで或る時、土地の男の子に小さなことを頼んだ。

「ありがとう」と言って、お小遣いをあげると嬉しそうな顔をしたので「何を買いたいの?」と聞くと「mofo(ムフ)」と答えた。彼が考えているのは、町のパン屋が焼いているフランスパンのことなのだという。貧しい家庭では、日々食べ

るパンは、手でこねて、熱い鉄板で焼く。だから町のパン屋のフランスパンはむしろごちそうなのである。

或る日、土地の子供が、例のフランスパン六本を、薪《まき》のように持って、急ぎ足で広場を横切っている光景が見えた。何であんなに急いでいるのでしょう、と土地で働いている日本人の修道女に訊くと、のろのろしていると、仲間の子供にフランスパンを奪われかねないのだという。

インドやパキスタンのパンは、小麦粉をこねて、掌で丸い平たいパンの形にのばしておいたものを、熱い鉄板の上で焼いたものだ。蝿《はえ》の多い土地では、パン種をその辺においておこうものなら、真っ黒になるほど蝿もたかるし、乾いた山羊の糞《ふん》が混じった道端の埃《ほこり》も浴びる。

しかし、少々不衛生でも焼き立てなら、安心して食べられる。バターもなく（あったとしてもマーガリンばかりだ）、人々は丸いパンをまず半分に裂き、半円型

のパンのお腹を更に袋状にするために開いて、その中に土地のおかずを入れて一種の巨大なサンドイッチを作って食べる。「町のべんとう屋」にあたる人は客の好みで、一種の袋づめのパン、つまりパンのおいなりさんを作って売るのである。同行者が「汚いですよ」というのでまだ食べたことはないのだが、ほんとうは食べたい。汚いのは、パンの売り手が、手垢でよれよれになったお札をさんざんいじった手で、またパンを掴《つか》むからである。

不思議なことに、庶民は日本のように道端の「かき氷」のような冷たいものを食べる習慣がない。だからチフスやコレラの大流行を見ることもない。土地の習慣に従って、昔からの生活をしていれば病気にならないというのも「ご先祖様の贈り物」のすばらしい知恵である。

パンには神秘的な力さえあると思うのはフランスの田舎で取材をした時だ。土地の人たちのパンの扱い方は、自分の体の一部のようだ。パンは袋になど入れず

むき出しで持って帰るから、アパートのドアまで帰り着くと、まずパンをドアに立てかけて鍵を開ける。フランスパンではなく丸い塊《かたまり》のようなパンの場合は、アパートの各戸のドアの前にある靴箱の上において鍵を開ける。ここには始終、脱いだ靴もおくから、つまりパンは地面におくのも同然である。

大地には守護神がいて、守護神はパンだけはいつも守っているように見える。お刺身を地面においてそのまま食べれば多分お腹を壊すが、パンは決して大地から黴菌《ばいきん》という形で、悪意を受け取ることはないようである。

＊　　＊　　＊

人と人とは、縁だ。私は八十七歳までの約五十年間、アジア、アフリカ、南米諸国の邦人宣教者を支援するＮＧＯの活動をしてきたが、「このお金はマダガスカルに」とか、「今回はブルキナファソという国のために使います」と言うと、

それは不公平だと批判する人もいた。しかし誰もアフリカ全体を救うことなんてできっこないのだから、自分ができる狭い範囲で、たまたま出会って縁のあった人を助けていくほかかない。

私は、思いもかけなかったところでいただく縁を、非常に大事にしてきたような気がする。どこでも、誰とでも、会話を交わした。少し差別もした。偉い人には、あまり近づかないようにしたのも一種の差別だ。

話を交わしたほとんどの人は、過ぎ去った。水のごとく過ぎ去るのが常道である。それを悲しいとは思わない。「一期一会」。一生に一度だけお会いしたのだと思う。

＊　＊　＊

人生の晩年に差しかかったら、身の回りのものを整理して、生活の空間を広く

しようという方は多いが、私もその典型で、空間だけではなく、人とのおつきあいも徐々に整理した。

だからこそ私は、限られた数の親しい方を大事にしている。私の場合、幼稚園から大学まで同級生だった友人が数人いる。昔から知っているので今さら飾る必要もないし、本当に気の置けない友人だ。彼女たちは、私がしばらく音信不通になっても怒らない。きっといろいろ大変なのだろうと察してくれていると思う。

五十歳を過ぎてから親しくなった人もいる。その人たちは皆さん、向こうから私を選んでくださったような気がする。

私がヘンなことを言っても、多少非常識でも、笑ってくださる方たちだから、おつきあいが続いた。疎遠になった方は、私に愛想尽かしをした、ということだ。だから仕方がない。

これからも、できるだけ医療の世話にならず一人で生きる。これが、私の抱負

のひとつ。自分で動けるうちは、好きな花を植え、野菜を育て、料理を作り、しっかり食べ、読書をし、体をちゃんと動かしながら、一日一日過ごしていきたい。

ひとりの人間の私と猫二匹の楽しい毎日がまたくる。

目次